# 16 avril 1891

# BANQUET FRANCO-CANADIEN

## Discours

DE MM.

Le Vicomte de VOGÜÉ

ET

H. MERCIER

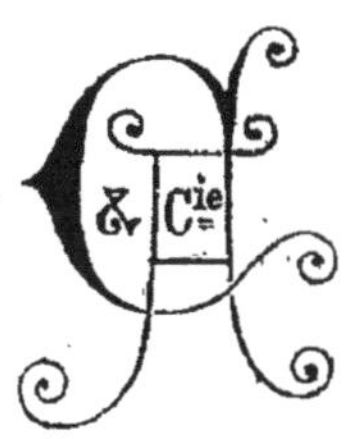




Armand COLIN & Cie, Éditeurs

5, RUE DE MÉZIÈRES, PARIS

# DISCOURS

DE MM.

# LE V$^{TE}$ DE VOGÜÉ

ET

# H. MERCIER

AU

Banquet Franco-Canadien, le 16 Avril 1891

COULOMMIERS
Imprimerie Paul Brodard.

# DISCOURS

DE MM.

# LE Vte DE VOGÜÉ

ET

# H. MERCIER

AU

Banquet Franco-Canadien, le 16 Avril 1891

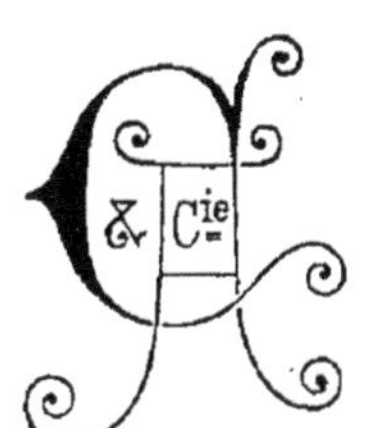

PARIS
ARMAND COLIN ET Cie, ÉDITEURS
5, RUE DE MÉZIÈRES

Ces deux discours ont été prononcés le 16 avril, au banquet offert par l'*Alliance française* aux Canadiens de passage à Paris. Les invités de l'Alliance étaient M. Honoré Mercier, premier ministre de la province de Québec, M. Shehyn, ministre du Trésor, M. Hector Fabre, commissaire général du Dominion, et les étudiants canadiens de l'Université de Paris. Les membres de l'Alliance avaient répondu en grand nombre à l'appel de leur conseil d'administration. Nos hôtes ont été reçus à l'Hôtel Continental par M. le comte Colonna Ceccaldi, vice-président du Conseil, et M. Foncin, secrétaire général. Au dessert, M. le comte Colonna Ceccaldi s'est levé pour porter la santé du Président de la République; il a associé à son

1.

toast Sa Majesté la reine d'Angleterre, dont il a salué la présence sur le sol français; il a présenté M. Mercier aux convives et il a rappelé en quelques mots les liens historiques qui unissent les Canadiens à la mère patrie. M. le vicomte de Vogüé a pris ensuite la parole et M. Mercier lui a répondu.

# DISCOURS DE M. DE VOGÜÉ

---

Monsieur le Ministre,

Messieurs les Canadiens français,

Vous revenez vous asseoir au foyer de l'aïeule. Nous y recevions naguère votre éminent concitoyen, le vénérable curé Labelle, enlevé prématurément à sa tâche; nous y fêtons aujourd'hui l'homme d'État qui a le plus fait pour le progrès du Canada, qui représente le mieux les aspirations nationales de son peuple. Votre séjour en France est une joie pour vous, nous le savons; c'en est une pour nous, et en particulier pour vos convives de ce soir.

Laissez-moi vous dire d'abord qui sont les

hommes réunis ici. Ce sont des instituteurs, des maîtres de français. Ils se sont donné la mission de propager notre langue dans toutes les parties du globe. Mais il y a des philosophes parmi ces instituteurs ; aussi n'ignorent-ils point qu'une langue n'est pas un vocabulaire de hasard. Dans le corps des mots qui la composent, les siècles ont incarné une âme, un ancien trésor de sentiments, de pensées, de vérités; ces mots tombent dans les esprits comme des semences de belles et bonnes actions. Dispenser aux hommes de toute race ce trésor intellectuel et moral, tel est l'objet de l'Alliance française; et ce que nous faisons dans le vieux monde, vous le faites dans le nouveau, Messieurs, vous le faites dans le pays auquel je veux garder le nom qu'il portait à l'origine, la Nouvelle-France.

Elle a changé d'allégeance avec les vicissitudes de l'histoire; elle n'a changé ni de langue, ni d'esprit, ni de cœur. Je viens de parcourir des écrits canadiens qui témoignent de votre forte vie intellectuelle : j'y retrouve partout la même pensée, si exactement formulée par un de vos écrivains : « Tout en étant loyaux sujets de l'Angleterre, dit-il, nous sommes toujours restés et nous sommes encore Français par le langage, Français par le cœur. » C'est bien cela ; et nos rapports de famille sont faciles à définir. Notre fille, mal gardée, a été enlevée jadis par un gendre qui avait remarqué ses beaux yeux ; elle l'a trouvé d'abord très exigeant, difficile à vivre ; il s'est radouci avec le temps ; aujourd'hui il est parfait, il rend notre fille d'autant plus heureuse qu'il lui laisse toute liberté de vivre suivant les coutumes paternelles ; elle garde la foi jurée à son seigneur, mais elle chérit plus que jamais ses vieux parents. Voilà des rapports très acceptables ; il y a des ménages où les choses vont plus mal. Et cette expérience aura eu un côté consolant ; elle nous apprend qu'après cent vingt-huit ans, des Français détachés de la souche commune restent aussi Français qu'au premier jour ; c'est une leçon qu'il nous plaît de retenir, pour l'appliquer à toutes les conjonctures de l'histoire.

Votre cœur est demeuré fidèle et chaud sur *les quelques arpents de neige*, comme les qualifiait une politique aveugle. Ces arpents de neige méconnus, vous en avez fait un grand État, vigoureux, florissant, promis aux plus hautes destinées. Depuis quelques années, les voyageurs sont unanimes à signaler l'essor prodigieux du Canada; et cet essor coïncide avec le développement rapide de l'élément français. Vous avez réuni les deux océans par une ligne ferrée; elle sera prochainement l'une des grandes artères du commerce universel. Ceci n'est point un rêve. Je suis heureux de pouvoir vous communiquer des données qui me permettent de hasarder à coup sûr ma prophétie. Il y a quelques jours, j'ai reçu des renseignements détaillés sur le chemin de fer transsibérien : la ligne russe, arrêtée en principe, va entrer dans la période d'exécution. Des hommes qui ont fait leurs preuves s'engagent à la construire dans un délai de quatre à cinq années. Elle mettra Pétersbourg à douze jours du port de Vladivostok sur l'océan Pacifique. Un service de paquebots entre Vladivostok et Vancouver sera le complément naturel de la grande voie septentrionale. D'autre part, vous souhaitez, et nous souhaitons comme vous, l'établissement d'un service maritime français entre le Havre et Québec.

Ainsi, dans un temps très prochain, — mettons dix ans, pour tenir compte de tous les retards possibles, — il y aura autour du globe un nouveau circuit, incomparablement plus court que les anciens. D'après des calculs très modérés, basés sur la durée actuelle des trajets maritimes, on fera le tour du monde en 43 jours : la moitié du temps que M. Jules Verne demande encore à ses héros. Et ce qui nous touche particulièrement, ce nouveau circuit sera tout entier français, canadien et russe, sauf un parcours de vingt-quatre heures dans le centre de l'Europe. Le voyageur parti de Paris entendra sa langue, il trouvera des visages fraternels jusqu'aux grands lacs, et bientôt jusqu'à Vancouver, pour peu que votre race continue à gagner du terrain de ce côté. Au delà, du fleuve Amour jusqu'à la Vistule, ce voyageur verra encore des figures amies, il se fera comprendre dans cette même langue. Un circuit aussi direct, aussi rapide, avec des combinaisons de tarifs favorisées par des intérêts connexes, ne peut manquer d'attirer les grands courants commerciaux de l'hémisphère boréal.

Vous serez, Messieurs, les premiers bénéficiaires de cette immense révolution géographique. Elle fera du Canada le point de rencontre le plus proche, l'entrepôt le mieux désigné entre l'Europe et l'Asie, le lien naturel entre la vieille France et la Russie orientale. Pour que nos races amies se rejoignent à travers les océans, il suffira que vous continuiez à peupler les terres encore vides de l'Amérique septentrionale avec le zèle que vous apportez à cette besogne.

Nul peuple n'applique mieux que vous le précepte : Croissez et multipliez. Au siècle dernier, à l'instant de la séparation, nous abandonnions sur les bords du Saint-Laurent 65,000 Français. Aujourd'hui, vous êtes 1,500,000 au Canada, et vous avez jeté sur les districts voisins des États-Unis 1,200,000 hommes de votre sang. Quels bons Normands vous faites! Car vous descendez en majeure partie, si je ne me trompe, de cette famille privilégiée, qui a joué un rôle unique, prépondérant, dans la formation des peuples modernes. A l'origine de l'histoire de Russie, nous voyons les Slaves demander des chefs pour les gouverner à la petite tribu scandinave; et les princes varègues, compagnons de Rurik, fournissent les premiers cadres du grand empire. Vers le même temps, ces Northmans nous arrivent sur leurs barques, ils s'emparent d'une de nos plus belles provinces, peu s'en faut qu'ils ne prennent Paris. A peine installés sur notre sol, la jeune ruche essaime à son tour; les Normands conquièrent l'Angleterre, et vous vivez aujourd'hui côte à côte avec ces arrière-cousins. Un peu plus tard, ils sont en Sicile, ils sont à Naples, ils sont partout. On découvre l'Amérique : voilà nos Normands partis pour y fonder la Nouvelle-France. Nous venons de voir comment ils y ont pullulé. Ceci nous rassure un peu : cette précieuse famille de conquérants, savez-vous bien que nous en sommes très inquiets, ici, que nous craignons de la voir s'éteindre ? La statistique est impitoyable pour les Normands de Normandie ; elle les accuse de paresse, de négligence... Enfin le Canada pourra nous en recéder. Ils vont si bon train, là-bas ! Ah ! Monsieur le Ministre, rapportez-nous votre recette !

Nous aurions bien d'autres recettes à prendre chez vous. Que de choses vous pourriez nous enseigner ! Notre langue, d'abord ; vous l'avez conservée intacte et pure. On dit que c'est merveille de l'entendre parler dans vos villes, avec ses tours classiques et sa politesse d'autrefois. Cette pauvre langue, elle subit chez nous de rudes assauts ! Quand j'ouvre certains livres de mes très jeunes confrères littéraires, je ne les comprends plus à la première lecture... A la seconde non plus. Oh ! vous ne les comprendriez pas davantage, vous qui croyez savoir très bien le français. Nous nous demandons parfois si nos enfants ne devront point passer l'Océan pour aller rapprendre le français au Canada. Ils se rendront chez vous comme le jeune René se rendit à la cabane de Chactas, pour recueillir sur les lèvres du vieux sachem les belles sentences du Père Aubry. Je veux croire qu'Atala n'est pas démodée sur sa terre natale!

Nous pourrions encore apprendre de vous les directions qu'il convient de donner à une démocratie française. Votre pays est un admirable champ d'expériences. Notre esprit national y persiste, avec nos coutumes et nos besoins héréditaires: mais il est en contact avec l'esprit anglais, qui lui infuse quelque chose de ses plus solides qualités; il est en contact avec la grande république voisine, qui serait, dit-on, le modèle sur lequel nos vieilles nations devront tôt ou tard se régler. On a raison, sans doute, à quelques égards; mais, sur plus d'un point, notre humeur française sera longtemps réfractaire à une civilisation purement américaine. Vous êtes le creuset où se combinent ces éléments de l'avenir; vous faites un judicieux triage de ce qu'il en faut assimiler à nos institutions, à nos mœurs. Les tentatives qui réussissent dans la nouvelle France méritent toute l'attention de l'ancienne.

Enfin, votre exemple nous enseigne des façons de sentir toutes naturelles chez vous, qui devraient être toutes simples et qui sont parfois oubliées chez nous, dans l'ardeur de nos luttes. Notre histoire de France, qui est la vôtre, vous la considérez comme un tout organique, où chaque moment a sa raison d'être et sa grandeur; vous l'aimez tout entière, à tous les âges, comme une mère aime depuis le berceau son enfant devenu homme. Vous savez chérir le passé sans vous y attarder en regrets inutiles, vous savez admirer le présent sans renier le passé. Je lisais hier vos poètes nationaux, Fréchette, Crémazie; je surprenais vos sentiments dans leurs beaux vers. Ils chantent avec une émotion toujours nouvelle le drapeau de Carillon, le vieux drapeau de nos rois que vous avez héroïquement défendu. Après une éclipse d'un siècle, en 1855, lorsque la corvette la *Capricieuse* ramène pour la première fois notre pavillon devant Québec, ces mêmes poètes le saluent avec des transports de joie; ils reconnaissent leur drapeau sous les plis tricolores qu'ils n'avaient jamais vus, ils s'approprient les gloires neuves si vite amoncelées dans ces plis. Et aujourd'hui, quand nos bâtiments vous rapportent ce drapeau, quand il murmure aux vents du Saint-Laurent les graves espérances de notre jeune République, vous le saluez avec la même tendresse, ce penseur recueilli. Vous reconnaissez la France impérissable, toujours la même, toujours aussi digne d'être aimée et servie, dans les transformations nécessaires que Dieu lui a marquées.

Vos jugements ont un grand prix pour nous. Vous nous regardez de loin, avec intelligence et sympathie. Si, comme je le crois, l'éloignement dans l'espace équivaut à l'éloignement dans le temps, il y a de grandes chances pour que les jugements de nos frères canadiens soient ceux de nos futurs historiens; surtout quand ces jugements émanent d'un homme comme vous, Monsieur le Ministre, habitué à observer vite et bien. C'est aujourd'hui un jeu fort à la mode d'étudier les états d'âme. Ah! que je voudrais pénétrer votre état d'âme, depuis que vous êtes à Paris! Dans un de ses contes, Voltaire fait examiner la France de son temps par un Huron, qu'il appelle l'*Ingénu*. Quoique vous veniez du même pays, vous n'êtes ni Huron, ni ingénu; mais je suis sûr que vous nous jugez avec la sagesse subtile du Canadien de Voltaire. Avant de venir nous voir, vous aviez lu sans doute, dans quelques journaux étrangers, l'aimable portrait qu'on y fait volontiers de nous : nous sommes un peuple ingouvernable, déchiré par ses querelles intestines, hargneux et menaçant pour ses voisins, ignorant des choses du dehors, ayant perdu la force d'expansion et le bon esprit d'aventure qui lui assurait jadis le premier rang dans les entreprises lointaines. Cette image flatteuse, vous en aviez peut-être connu quelques traits par nos propres publications; en fait d'injustices, on n'est jamais si bien servi que par les siens.

Vous êtes venu vérifier la ressemblance, et voici, je crois, ce que vous avez vu : un peuple qui a traversé d'indicibles épreuves, et qui a dû, au sortir de ces épreuves, se reconstituer à neuf pour des besoins nouveaux, improviser des solutions pour tous les problèmes politiques et sociaux du temps présent. Suivant une loi constante de la nature, l'organisme qui subit un travail de métamorphose est momentanément paralysé pour l'action extérieure; il est absorbé par la lutte interne entre les anciennes formes de vie, qui résistent, et les nouvelles, qui se dégagent péniblement. Les organismes faibles périssent dans ces crises; les plus vigoureux en sortent parfois maladifs pour longtemps. Est-ce notre cas? Certes, on ne vous tromperait pas avec des dithyrambes, on ne vous persuaderait pas que tout est pour le mieux dans la meilleure des anatomies, qu'aucun os n'est sujet à se déboîter, que toutes les pièces sont de bon emploi. Mais vous jugerez sans doute, et l'histoire jugera comme vous, qu'il a fallu la singulière vitalité de notre race pour que nous puissions vous présenter aujourd'hui une France guérie, robuste, laborieuse, confiante dans son lendemain, armée de la longue patience que donne le sentiment de la force retrouvée.

Le meilleur symptôme de notre santé, c'est le réveil de cet esprit d'entreprise qu'on nous déniait. Tout vous l'atteste. Comme aux plus belles époques, comme au temps de Jacques Cartier et de Champlain, notre pays reprend sa mission dans le monde; ses enfants, missionnaires de la religion, missionnaires de la science, missionnaires de l'épée, missionnaires de l'industrie, battent l'estrade dans tous les recoins de la planète. Vous en voyez arriver au Canada, dans vos colonies agricoles : s'ils n'y vont pas en plus grand nombre, c'est que le monde nous invite partout. L'Afrique s'est ouverte, et nos pionniers jalonnent un quart de ce continent; ils y tracent les linéaments d'un nouvel empire colonial. Nous en fondons un autre à l'extrémité de l'Asie. Dans les régions mêmes où nous n'avons pas d'intérêts, nos écoles répandent notre langue, nos explorateurs refont les cartes en français. J'aperçois ici l'un des deux intrépides voyageurs qui viennent de traverser les premiers, de part en part, les solitudes de la haute Asie. Un jour, ils trouvèrent devant eux un grand lac inconnu; il fallait le baptiser; savez-vous quel nom leur est monté aux lèvres? Le lac Montcalm! — Mon cher Bonvalot, c'est à croire que vous aviez prévu le banquet de ce soir; c'est à croire que vous avez voulu mettre, — oh! pardonnez-moi cette abominable métaphore! — que vous avez voulu mettre ce lac sous la serviette de notre hôte; sous la serviette aussi d'un autre convive, de mon respectable ami le marquis de Montcalm, malheureusement retenu loin de nous par sa santé ; il espérait représenter ici son arrière-grand-père, l'illustre défenseur de Carillon, de Montréal et de Québec.

Oui, Monsieur le Ministre, et votre regard expérimenté l'aura bien vu : sous les agitations de surface et de détail, notre France ramasse toute sa vigueur pour l'employer aux deux tâches traditionnelles : d'une part, le souci toujours plus inquiet des petits, des souffrants; parce qu'elle est de droit la tutrice des faibles, la première légataire de la pitié divine pour les malheureux et les déshérités. D'autre part, les grandes œuvres de la civilisation, la diffusion de notre génie sur le monde, parce que ce génie nous a été prêté pour éclairer, libérer, ennoblir tous les hommes. — Et si quelquefois elle vous paraît un peu folle, la pauvre vieille mère, désordonnée et meurtrie dans sa course, ah ! vous savez bien pourquoi, vous qui êtes fait de sa chair et de son sang : c'est qu'il lui a été prescrit de courir toujours plus vite, toujours la première, avec la noble illusion d'atteindre et de saisir l'idéal insaisissable qui recule sans cesse devant l'humanité.

Je m'arrête. Il me vient un scrupule à devancer ainsi votre jugement. Si vous étiez des étrangers, nous ne vous tiendrions pas ce langage; devant les étrangers, il sied de se taire modestement et de se faire juger par ses actes. Mais vous n'êtes pas des étrangers. Vous êtes les frères de l'autre côté de l'eau, venus à un conseil de famille. Il convenait d'examiner dans ce conseil les affaires de la famille. A cette réunion de l'Alliance française, dont vous êtes un rameau détaché, il fallait dresser notre bilan, tomber d'accord sur nos sentiments et sur le but que nous nous proposons. D'ailleurs, avec vous, nous n'avons pas à craindre d'interprétations fâcheuses; vous avez gardé notre langue intacte, nous le disions tout à l'heure; si quelqu'un nous taxait de chauvinisme, vous ne comprendriez pas ce vilain mot d'argot. S'il fallait définir d'un mot notre esprit, avec ses ambitions légitimes et hautement avouables, vous nous appelleriez plutôt des humanistes, en donnant à ce terme la large acception qu'il comporte depuis la Renaissance, depuis l'époque où notre langue prit la succession du latin comme instrument de civilisation universelle. Des humanistes, des semeurs d'idées humaines avec le grain français, voilà ce que nous sommes à l'Alliance. Continuons fraternellement cette mission, nous dans la vieille France, vous dans la nouvelle; conjuguons les deux foyers, pour qu'ils répandent une lumière plus intense. Revenez souvent nous voir; nous irons le plus possible chez vous.

Rapportez nos paroles et nos vœux à vos concitoyens, par delà l'Océan; dites-leur qu'en buvant ce soir à votre santé, Monsieur le Ministre, Messieurs les Canadiens ici présents, les gens de l'Alliance française ont levé leurs verres avec effusion de cœur, à la prospérité, au long avenir de tous les Canadiens français!

---

## DISCOURS DE M. MERCIER

---

Monsieur le Président,

Messieurs,

Inutile de vous dire combien nous sommes sensibles, mes compagnons et moi, à la généreuse hospitalité qui nous est donnée ce soir par les membres de l'Alliance française, et aux paroles si bienveillantes qui viennent d'être prononcées par un membre distingué de l'Académie française. Nous pensions, au Canada, avoir une idée assez juste de la politesse française; il est évident que nous étions dans l'erreur. Il fallait être les hôtes de votre Société pour mieux connaître ce que nous ne faisions que soupçonner.

Vous avez bien voulu, Monsieur le Président, faire suivre le toast du chef d'État de la France de celui de la reine Victoria, notre gracieuse souveraine. Comme sujets anglais, nous vous remercions de cette courtoisie internationale, qui nous est particulièrement agréable dans les circonstances présentes.

Nous avons, au Canada, un grand respect pour la reine; respect mêlé à une profonde reconnaissance, vu que c'est durant son règne que les Canadiens ont obtenu les libertés politiques dont ils jouissent depuis un demi-siècle, et qui font d'eux un des peuples les plus heureux de la terre.

Le but principal de votre Société, dont j'ai l'honneur de faire partie, est de répandre et de maintenir l'usage de la langue française dans le monde entier; ayant cherché, depuis au delà d'un siècle, à atteindre, et ayant atteint, dans une certaine mesure, ce but patriotique, les habitants de la province de Québec ne peuvent manquer d'être sympathiques à votre œuvre.

En effet, Messieurs, tel a été l'objet principal de nos luttes au Canada. Vous ne l'ignorez pas : depuis 1759, époque de la défaite des Français sous les murs de Québec, jusqu'en 1840, époque de l'établissement du gouvernement responsable, la langue française n'a été conservée sur les rives du Saint-Laurent que par les énergies et les dévouements les plus admirables, dont les pages de notre histoire nous ont conservé le glorieux souvenir.

Lors de la cession du Canada à l'Angleterre, en 1763, il y avait à peine 70 000 Français disséminés de l'Atlantique au Pacifique, que le sort de la guerre et les exigences d'une politique maladroite et égoïste laissaient en Amérique sans appui, sans ressources et presque sans espérances. Le drapeau fleurdelisé, en descendant de la citadelle de Québec, se replia et retourna vers la France. Ce fut une longue et douloureuse procession qui le suivit : gouverneur, officiers, soldats, nobles, négociants; en un mot, tout ce qu'il y avait de force politique et de richesse. Il ne resta que le peuple et quelques nobles, plus généreux que riches, et le clergé.

L'on raconte qu'un des anciens colons, qui avait pendant des années lutté contre l'Anglais et l'Iroquois, versait des larmes amères en voyant disparaître à l'horizon le drapeau de la France qu'il aimait tant. Un prêtre français, s'approchant de lui, lui dit : « Pourquoi désespères-tu? Toute la France n'est point partie; regarde sur le clocher de l'église de la paroisse : la croix y reste. Elle te rappelle la civilisation chrétienne, et le prêtre, apôtre de cette civilisation, est près de toi pour t'aider à rester Français. »

Cette parole fut comme un pacte ; elle vous explique l'alliance intime qui existe encore aujourd'hui entre le peuple canadien et son clergé. Permettez-moi d'ajouter que celui-ci a noblement tenu parole, et que, si nous sommes restés Français au Canada, nous le devons en grande partie à son dévouement habile et à son patriotisme éclairé.

Oui, Messieurs, nous sommes fiers de dire, de le dire surtout à une société d'hommes travaillant à répandre et maintenir la langue française : nous sommes restés Français, et Français comme vos ancêtres l'étaient au XVIIIe siècle; nous apprenons à nos enfants à conserver cet amour de la vieille France comme un dépôt sacré, comme un héritage précieux qu'ils devront transmettre plus tard à ceux qui les remplaceront! Nous nous considérons, si vous voulez me permettre d'emprunter cette image au langage juridique, comme des grevés de substitution nationale, substitution perpétuelle acceptée d'âge en âge comme irrévocable.

Comment pourrai-je vous dire, dans les quelques instants d'attention que vous voulez bien me donner, toutes les péripéties de nos luttes de 1759 à 1840? Régime militaire, écrasant brutalement ces pauvres vaincus; régime de persécution, proscrivant la langue française, fermant les écoles; régime de corruption et de promesses, sous forme d'honneurs, de titres et de fonctions publiques, mis en force quand celui de la persécution eut échoué; l'éloquente protestation des 92 résolutions portées au pied du trône d'Angleterre par tous les représentants de tout un peuple conquis mais non soumis; la loi martiale avec toutes les injustices de ses procès sommaires sans jury; les paysans se battant avec de vieux fusils, des fourches et des faux, quelquefois vainqueurs, plus souvent vaincus; enfin, les jours de deuil national où des échafauds furent dressés sur nos places publiques, et sur lesquels les illustres défenseurs de nos droits moururent en criant : Vive la France! Vive la liberté!

Le sang tombé de ces échafauds politiques fut, Messieurs, une semence généreuse; elle arrosa le sol fertile du nouveau monde et sauva la race française en Amérique. Dès ce moment, toutes les libertés religieuses et politiques nous furent acquises.

Les 70,000 Français de 1759 sont aujourd'hui représentés par 2 millions 1/2; oui, Messieurs, 2 millions 1/2 de Canadiens français qui parlent votre langue, qui aiment encore l'ancienne mère patrie, qui souffrent de vos défaites comme ils se réjouissent de vos triomphes; qui s'écriaient, en voyant arriver un navire français à Québec, il y a quarante ans : « Voilà nos gens qui reviennent ! » et qui se réunissaient aux portes de leurs églises, en 1870, pour envoyer des secours à vos soldats blessés : humble tribut d'amour filial pour la patrie de leurs ancêtres.

Maintenant que nos luttes sont finies, que nos libertés sont assurées par une Constitution sage et généreuse, sous la direction éclairée des hommes d'État d'Angleterre, nous travaillons vigoureusement à donner au Canada la prospérité dont il a besoin, à développer les immenses ressources mises à notre disposition, à défricher le territoire aussi riche que vaste que nous possédons, à prendre pacifiquement, prudemment et sûrement la place à laquelle nous avons droit dans le monde.

Ces 2 millions 1/2 de Canadiens français sont, comme l'étaient leurs ancêtres, disséminés un peu partout : un million dans les États-Unis d'Amérique; 300,000 dans les provinces anglaises; 1 million et quart dans la province de Québec. Nos compatriotes s'affirment de plus en plus aux États-Unis et se font respecter dans les autres provinces. Quant à nous, Canadiens français de la province de Québec, aux jours de fêtes religieuses et nationales, nous arborons avec orgueil les couleurs de la France.

Ceux d'entre vous qui ont visité nos campagnes, si riches et si pittoresques, ont pu admirer ces cultivateurs, types bretons et normands, chefs de nombreuses familles, vivant heureux et prospères; et, en remontant le fleuve Saint-Laurent, vous avez pu voir, à droite et à gauche, des villes et des villages portant des noms français que vous reconnaissez facilement : Gaspé, Montmagny, Orléans, Montmorency, Lévis, Charlebourg, Lotbinière, Montcalm, Champlain, Laval,

Verchères, Varennes, Longueil, Chambly, Iberville, Rougemont, Rouville, Vaudreuil, Rigaud, Beauharnois, etc.

La province de Québec, grande comme deux fois la France, si l'on compte le territoire qu'elle réclame et qui lui est virtuellement concédé, possède maintenant une population de 1 million 1/2, dont les trois quarts sont Français et catholiques, la différence étant surtout composée d'Anglais, d'Écossais et d'Irlandais. Tout ce peuple vit en paix et travaille à augmenter la fortune publique et à étendre ses relations avec le monde entier.

Montréal, notre métropole, est une ville de plus de 200,000 âmes, fondée par un Français, l'illustre de Maisonneuve; Québec, vieille cité de Champlain, presque exclusivement française, jetée comme un phare lumineux sur le cap Diamant comme pour rassurer toute notre population et lui rappeler qu'elle est française et doit rester française. C'est le siège du gouvernement de la province, et dans l'ancienne résidence des gouverneurs anglais se trouve maintenant un Canadien français. Dans l'enceinte parlementaire, comme dans les tribunaux, les deux langues française et anglaise sont sur pied d'égalité et tous les documents officiels doivent être publiés dans les deux langues. Sur les 73 députés à l'Assemblée législative, plus de 60 sont de notre race. Nous avons encore le droit civil français, tel qu'il était sous la coutume de Paris; et la loi garantit les droits de la minorité anglaise et protestante dans toutes les conditions politiques, et surtout dans l'organisation de ses écoles.

Ce système empêche toute violence faite aux croyances religieuses et aux sentiments nationaux; et cette tolérance est tellement dans nos mœurs et exerce tant d'influence sur nos relations sociales que l'on voit, dans quelques endroits de notre province, des monuments élevés à la mémoire des braves de différentes races dont les noms sont pieusement confondus sur le marbre. C'est ainsi que vous trouvez à Québec un monument où les noms de Wolfe et Montcalm sont gravés l'un à côté de l'autre, l'un vainqueur, l'autre vaincu, tous deux morts sur les plaines d'Abraham.

Aussi, afin d'affirmer cette entente cordiale des races, l'on voit aujourd'hui, dans toutes nos fêtes publiques, flotter les deux drapeaux de l'Angleterre et de la France. Et cette union des emblèmes des deux nations a inspiré à notre poète national des vers que j'aime à rappeler en terminant :

Regarde, me disait mon père,
Ce drapeau vaillamment porté;
Il a fait ton pays prospère,
Et respecte ta liberté.

C'est le drapeau de l'Angleterre;
Sans tache, sur le firmament,
Presque à tous les points de la terre
Il flotte glorieusement...

— Mais, père, pardonnez si j'ose...
N'en est-il pas un autre, à nous?
— Ah! celui-là, c'est autre chose :
Il faut le baiser à genoux!

Coulommiers. — Imp. Paul BRODARD.

**Atlas Vidal-Lablache, Historique et Géographique.** Cartographie française : 137 cartes, 248 cartons en couleur, Notices explicatives, Choix gradué de caractères, Extrême lisibilité, Index contenant plus de 45 000 noms; publié en 24 livraisons mensuelles contenant chacune de 6 à 8 cartes accompagnées de cartons. Prix de la livraison, 1 25. — L'ouvrage complet. . . . 30 »

La première livraison a paru le 15 décembre 1890.

**Géographie générale,** par M. P. Foncin, docteur ès lettres, inspecteur général de l'Université, 112 cartes ou cartons en couleur placés en regard du texte. 1 vol. in-4° carré de 252 pages, relié toile. . 12 »

**Géographie historique,** par M. P. Foncin. 1 vol. in-4°, contenant 48 cartes en regard de 48 pages de texte, avec 50 figures, cartonné. . . . . . . . . 6 »

**La France coloniale, Histoire, Géographie, Commerce,** par M. Alfred Rambaud, professeur à la Faculté des lettres de Paris, avec la collaboration d'une société de voyageurs et de géographes. 1 vol. in-8° de 750 pages, avec 12 cartes en couleur, broché. . 8 »

**Excursions archéologiques en Grèce.** Mycènes, Délos, Athènes, Olympie, Éleusis, Épidaure, Dodone, Tirynthe, Tanagra, avec 8 plans, par M. Ch. Diehl, chargé du cours d'archéologie à la Faculté des lettres de Nancy. 1 vol. in-18 jésus, broché. . . . . . . 4 »

*Ouvrage couronné par l'Académie française (Prix Montyon).*

**Terres cuites grecques,** photographiées d'après les originaux des collections privées de France et des musées d'Athènes; texte par M. A. Cartault, professeur à la Faculté des lettres de Paris. 1 vol. in-4° jésus, contenant 29 planches, broché. . . . . . 25 »

**Petite Anthologie des Maîtres de la Musique**, depuis 1633 jusqu'à nos jours, ouvrage comprenant : 71 morceaux de chant (solos, duos et chœurs), avec arrangement facile pour piano, par M. LÉOPOLD DAUPHIN. 1 vol. in-4°, cart. . . . . . 5 »

**Le Théâtre en France. Histoire de la littérature dramatique** depuis ses origines jusqu'à nos jours, par M. PETIT DE JULLEVILLE, professeur à la Faculté des lettres de Paris. 1 vol. in-18 jésus, broché. . 3 50

**Rabelais, sa personne, son génie, son œuvre**, par M. PAUL STAPFER, doyen de la Faculté des lettres de Bordeaux. 1 vol. in-18 jésus, broché. . . . . . 4 »

**Essais de Critique**, par RAOUL FRARY. 1 vol. in-18 jésus, broché. . . . . . . . . . . . . 3 50

**La Savelli**, roman passionnel sous le second Empire, par GILBERT AUGUSTIN-THIERRY. 1 vol. in-18 jésus, broché (*Bibliothèque de romans historiques*). 3 50

**Le Capitaine Sans-Façon** (1813), par GILBERT AUGUSTIN-THIERRY, récit d'un étrange et mystérieux épisode de l'Histoire de la contre-Révolution. 1 vol. in-18 jésus, br. (*Bibliothèque de romans historiques*). 3 50

**La Conquête du Paradis** (conquête de l'Inde), par M^me JUDITH GAUTIER. 1 vol. in-18 jésus, broché (*Bibliothèque de romans historiques*). . . 3 50

**Hassan le Janissaire** (1516), par LÉON CAHUN, récit d'aventures et de guerres en Syrie et en Égypte. 1 vol. in-18 j., br. (*Bibliothèque de romans historiques*). 3 50

**Cléopâtre**, par JEAN BERTHEROY, œuvre où revit l'Égypte entière au moment de sa suprême splendeur. 1 v. in-18 j., br. (*Bibliothèque de romans historiques*). 3 50

**Scènes et épisodes de l'Histoi[re] nationale**, par M. Ch. Seignobos, docteur ès lettres, maît[re] de conférences à la Faculté des lettres de Paris. Un magn[i]fique volume in-4°, de grand luxe, imprimé sur papier [du] Marais et illustré de soixante grandes compositions inédit[es] par nos plus grands artistes contemporains, tirées ho[rs] texte sur papier teinté; l'exemplaire broché, 40 f[r.]; richement cartonné. . . . . . . . . . . . . . . . . . 50

**Recueil de fac-simile, Autograph[es] historiques** (xviie et xviiie siècles), publié d'après l[es] originaux conservés principalement aux archives [du] Ministère des Affaires étrangères, par MM. Jean Kaul[ek] et Eugène Plantet. 1 fascicule in-folio, contena[nt] 24 planches, cartonné. . . . . . . . . . . . . . . . 20

**Paris, histoire, monuments, administratio[n], environs**, par M. Fernand Bournon, archiviste-paléogr[a]phe. 1 volume in-8° raisin, 151 gravures, 13 plan[s], broché, 7 fr.; relié toile, tranches dorées. . . . . 10

**Contes du Pays d'Armor**, par Mme Mar[ie] Delorme. 1 volume in-8°, illustré de 76 gravures d'apr[ès] Moulignié, Martin, Robida, etc., broché, 7 fr.; rel[ié] toile, tranches dorées. . . . . . . . . . . . . . . . 10

**Les Bardeur-Carbansane. Histoire d'u[ne] famille pendant cent ans**, par Jacques Naurouze.

I. **La Mission de Philbert**, 1 volume grand in-8[°], illustré de 100 gravures, broché, 7 fr.; relié toile, tranch[es] dorées. . . . . . . . . . . . . . . . . . . . . 10

II. **Frères d'Armes**, 1 volume grand in-8°, illust[ré] de 115 gravures, broché, 7 fr.; relié toile, tranch[es] dorées. . . . . . . . . . . . . . . . . . . . . 10

*Pour paraître fin décembre :*

III. **A travers la Tourmente.**

www.ingramcontent.com/pod-product-compliance
Ingram Content Group UK Ltd.
Pitfield, Milton Keynes, MK11 3LW, UK
UKHW022153170726
13837UKWH00004B/1969

9 782329 098128